**CÍRCULO
DE POEMAS**

Poema do desaparecimento

Laura Liuzzi

se percebo uma maçã
esta maçã me constitui:
o cabo levemente envergado
a pele vermelha cheia de sardas
sou eu a maçã agora que ela
entrou no meu mundo sou eu
vermelha arredondada pintada
é meu o seu interior amarelado
o suco que solta da carne esponjosa
as pequenas sementes escondidas
em suas costelas sou eu
a mesma que decide pegar
com as mãos a maçã
e sem descascá-la, feri-la
com os dentes, ferir-me
com os dentes e sentir
na língua sua carne
meu suco o som
de seu desaparecimento
a nossa frágil eternidade.

sobre a cabeça sempre o mesmo
conjunto de estrelas acesas no céu
(mesmo quando há nuvens
é garantido que estejam lá)
algumas já desapareceram
e estão mortas mas mesmo assim
lá estão elas — cotidianamente —
as estrelas mortas que vejo
participam da minha experiência
da relação que tenho com o céu
eu sou elas que não existem mais
no momento em que as vejo
as estrelas já estão no passado
eu sou o seu futuro as estrelas
mortas estão na base
da minha existência
na beira dos meus olhos
à distância
as estrelas sou eu
então talvez eu já esteja
desaparecida
eternamente desaparecida
embora para os meus pares
não pareça.

é mais fácil assimilar que se leio
um poema de eliot o poema
me constitui e de certo modo
o poema me escreve e pode até
corresponder-se comigo
podemos dormir juntos
sonhar com melancias
porque todo poema tem uma
melancia em potencial esperando
para ser devorada todo poema
guarda aquilo que não diz.
quando estas ou outras linhas
se escrevem, elas dizem
o que me escapa
como você como a teoria
dos conjuntos como a invenção
das máquinas de costura
como o desaparecimento
principalmente todo poema
declara o nosso desaparecimento.

talvez tudo que a gente queira
seja se sentir especial fazer
alguma coisa inteiramente
nova como uma receita que junta
ingredientes que nunca se juntaram
antes ou como um garimpeiro
que descobre um novo mineral
cujo brilho não recende a poder
mas a alguma espécie de partilha
talvez fosse menos ambiciosa
e desejasse apenas um instante
que fosse veloz mas que nunca
escapasse à memória um instante
de felicidade absoluta plena total
aquela que ninguém conhece
porque há o passado e principalmente
porque há o presente bem na sua
cara
e pra isso talvez exista a consciência
pra que a gente possa se sentir
especial e no instante seguinte
perceber que besteira que bobagem
que nada talvez
nem estejamos aqui.

pode ser que os sonhos
sejam feitos de matéria
a mesma que existe
além da cama
carnuda como uma maçã
a matéria que se precipita
diante dos olhos depois
do corpo e também antes dele
afinal tem tanta coisa além
do meu testemunho:
um país chamado butão
um país é um botão
numa camisa velha e amassada
— reconsidero: país não é coisa
que se pegue ou que se sinta
um país é uma invenção de limite
a invenção da diferença
toda fronteira uma ficção
todo sonho uma ficção
uma camisa velha e amassada
como toda verdade
concreta como uma maçã
vermelha e mordida
o sonho é tão verdadeiro
que quase sempre pela manhã
ele desaparece.

não sinto meus pés não sei que são
os pés senão extremidades bastante
mal desenhadas que tocam o chão
mas não são os pés o que sinto é o chão
pequenas deformações que corrompem
a superfície lisa e fria as linhas
ignorantes de qualquer propósito
o chão é um animal que dorme
sem ameaças mas sempre pronto
não sinto você não sei quem é você
você está descascando e insinua-se
uma pele novíssima fraca feia fria
entre nós não há ilusão
você está se desfazendo bem
na minha frente mas não são
os olhos que te veem é você que existe
que invade o campo vasto da realidade
para de uma hora para outra — feio frio fraco
— lembrar que o propósito de existir
é desaparecer.

uma maçã longe dos meus olhos
sobre uma mesa — concreta
matéria e ar — está
onde está independente
de meu testemunho — olhos
mãos sangue dentes
língua coração — você
do outro lado da linha
do telefone você existe
simultaneamente
à sua ausência sua voz
conduzida por um aparelho
elétrico que coisa mágica
sua voz chegando até mim
embora a linha não nos ligue
você do outro lado do oceano
você a maçã a mesa ao mesmo
tempo em lugares diferentes
e eu que não vejo nada disso
ainda assim eu tenho você
a maçã a mesa e não os tenho
ao meu alcance que coisa
mágica ser tudo que
risca o pensamento:
a consciência colocando
no mesmo pé a presença
e a ausência.

o que será a música uma prova
material do ar uma ideia que se
escreve sem palavra uma forma
que se manifesta sem matéria
visível uma coisa que acontece
e sequer aparece um fato um ato
uma espécie súbita como a luz.

enquanto meus olhos estão
pregados em uma tela
há incontáveis
pares de olhos fechados
e sonhos se inventando livres
em criaturas adormecidas.
são cavalos são pássaros
gigantes são leves feito pólen
são peixes dourados e piscam
como quem acena discretamente
para uma vida de olhos acesos.

palavras estalam no pensamento
— mas onde está o pensamento
senão nas coisas mesmas —
o pensamento é a palavra
a palavra é o pensamento
e sua carne:
o toque liso na porcelana
a temperatura branca
da pedra os olhos de gude do gato
e até a palavra amor tem uma
forma um rosto um gosto.
o pensamento não mora no corpo
não tem casa própria não tem nem
cor. é selvagem e se domestica
mas é essencialmente selvagem.
a palavra não mora no papel nem
vive só de som. a palavra é tão
coletiva quanto particular.
este poema não é mais meu
do que seu. este poema vai
desaparecer.

onde está o meu pensamento
que não está dentro da cabeça
está nas pedras que sei de cor
na angústia que tem seu rosto
na água antiga do rio
está nas gavetas do quarto
de costura nos botões
descasados na casquinha
do sorvete verde no caderno
encapado com plástico
quadriculado amarelo e branco
— toalha de mesa —
está dentro do que ele pensa
fora da caixa preta
— jamais vista —
do crânio.

pensar não é por dentro
como uma atividade secreta
pensamento é participação
agora mesmo ao ler
estas linhas
você participa do poema
sem você
o poema desaparece
mas fica o livro
um objeto uma mancha e uma massa
um palco imenso para formigas
que participam do espetáculo
das coisas da terra
o livro um objeto
que se pensa na gente.

toda saudade é particular
mas sou tudo aquilo
que me falta:
avó avião avestruz.
para onde vai a voz
quando deixa a boca
para onde foram
as estrelas mortas
as pessoas das filas
os dentes de leite
os caroços cuspidos
as pedras dos rins
as paixões passadas
para que saber para
onde foram? é simples:
tudo que existe
desaparece.

você me diz pelo telefone:
mordi a bochecha e a culpa
é sua. só posso concordar
se não estivéssemos
em contato você estaria
em outro ponto do espaço
seus dentes abandonariam
a posição de ataque
sua língua talvez tocasse
uma fruta seu futuro seria
suavemente (ou completamente)
diferente. mas agora já mordi
sua bochecha e não há como
voltar atrás.

o poema pensa sem cabeça
é só pé e chão letra e linha
onde fica o pensamento do poema
que poesia não é máquina
é mágica é máscara é matemática
do coração mas o poema não tem
coração não tem centro
tem luz própria repara
como dá voltas em torno de si
e quando não há ambiente
repara
o poema apenas
desaparece.

para vovó Anivlette

pensamento não se pega
é mistério no ar um planeta
o ar misturado
às coisas um planeta só gás
são as coisas vistas
com mistério o pensamento
livre da cabeça que o pensou
um dia. dá rasantes arranha
arrasta outros pensamentos
até — enorme — ver-se
à distância e afastando-se
mistura-se ao vento
e desaparece.
quem sabe o reencontramos
anos mais tarde vagando
no escuro de uma floresta
piscando disfarçado
em vaga-lume iluminando
nada mais que ele mesmo
num movimento
intermitente
de aparecer
e desaparecer.

a cabeça uma caixa
sem fechadura por dentro
escura por fora dura
de longe a cúpula
de um abajur
de antiquário
ou um aquário
vai saber cada cabeça
depende de outra cabeça
para ter uma cara.

se cato um caco de vidro verde
um fragmento já esquecido da
forma original só um caco sem
qualquer utilidade se pouso
este pedaço de vidro sobre
um livro ou um monte de papéis
o seu peso é o meu peso
a sua importância o seu brilho
opaco o seu alheamento
o seu poder de ferir a sua
recusa em ferir o seu descanso
dominical sobre outro objeto
são meus atributos, eu, um caco
verde, inútil, opaco, importante.

"objetos sólidos" é o nome
do conto em que virginia woolf
dá a um caco encontrado
sob a areia da praia um relevo
especial uma importância
e deixa claro como os objetos
misturam-se ao pensamento
misturam-se ao corpo
de modo que as coisas
que cultivamos determinam
nossa percepção do mundo
direcionam o olhar mesmo
em distração influenciam
as escolhas ao mesmo tempo
em que *o coração da pedra pulsa*
de alegria ao ser escolhida
entre milhões de outras semelhantes
os objetos sólidos — e também
os não sólidos — nos compõem
às vezes se decompõem
quase sempre os objetos
desaparecem.

há velhas ideias sobre o tempo
inclusive o tempo é a ideia mais
velha de todas e sobrevive a si
mesmo porque o passado não é
o que passou por nós é o que
em nós fica o passado pode ser
uma novidade quando de repente
aparece na forma de uma carta
nunca enviada que revela à família
um irmão bastardo que já morreu
a história do irmão morto
é então parte do passado
dos parentes vivos.
o tempo é um acumulador
incontrolável ao mesmo tempo
o tempo é o modo mais
discreto para desaparecer.

a distância entre sentimento
e pensamento talvez seja o que
separa intuitivamente a mão
do fogo os olhos do sangue
a língua do gosto difícil a pele
do espinho os ouvidos do
estrondo.
sentir é anterior a pensar.
tomar consciência do
sentimento pode ser a morte
(ou o desaparecimento)
do sentimento.

não hesitarei em considerar
que não há qualquer distância
entre o sentimento e o pensamento
que temos à mão dois nomes frutíferos
para um mesmo movimento
um vento que passa e agita as coisas
mas que não se vê
as coisas misturadas no ar
nuvens que se fundem ou se repartem
em muitos carneirinhos
a areia grudada na concha
depois lavada pelo mar
o pensamento não é o sentimento
elaborado mas o próprio sentimento
agora carregado pelas palavras
são formigas transportando folhas
desprendidas, livres da árvore
que as gerou
e que continuam vivas
em outras formas de vida
até desaparecer.

o fracasso do pensamento o passo
que não consegue dar a sensação
da falta a ausência de uma sensação
um branco sem margem infinitamente
branco de modo quase insuportável
a cegar os olhos um branco impossível
diante das pequenas invasões que furam
a pele das ideias são insetos
lépidos e orquestrados rasurando
o tecido antes tranquilo são hematomas
que surgem sem que se tenha notado
quando e onde foi a topada
o pensamento não fica sozinho consigo
nem um segundo muda sem parar
e de repente tudo aquilo que se concluía
desaparece.

veste botas pesadas pretas sujas
marcha com os passos firmes
infla as bochechas a cada comando
respondido franze o cenho em sinal
de empenho força obediência
a consciência servil e automática
um cordão de formigas velozes
um cata-vento fincado na areia da praia
um bocejo contraído de outrem
e assim pessoas tomam decisões
sem perceber que são decisões
agem sem a energia primordial da ação
afundam e sem melhor explicação
desaparecem.

do avião a paisagem em um instante
desaparece sob as nuvens. do avião
um grupo de pessoas aos bocejos
desaparece. aos sonolentos
ainda grudados no chão o avião sobe
e desaparece. uma lembrança
uma ideia um número de telefone
um cheiro desaparece ao aviso
da aeromoça de que esta aeronave
está equipada com assentos flutuantes
o pensamento invadido pela
contrassensação de flutuar quando
o corpo permanece fixo à poltrona
o avião equilibra-se nas asas
a uma velocidade que não é
sensível então surge a lembrança
o assombro ao observar uma mosca
voando sem dificuldades dentro
de um carro em movimento. abria
a janela e em algum tempo o inseto
era tragado pela paisagem
e desaparecia. talvez aconteça
o mesmo com o pensamento.
basta abrir uma janela.

uma maçã despenca aos olhos quase
distraídos de um homem que descansa
embora seus pensamentos lhe agitem
o espírito (?) um homem encostado
a uma árvore na sombra observa
o espaço à sua volta sem nada
dele exigir quando vê cair
uma maçã do galho ao chão
do galho ao chão
ele pensou e não do galho ao céu —
o que seria bastante bonito até, imagine
uma maçã viajando vermelha e redonda
um pássaro roliço e coruscante com as asas
recolhidas uma mancha intensa
ascendente cruzando o azul vazio
perfurando finíssimas cortinas de nuvens
brancas uma maçã eternamente solta no espaço:
aos olhos da imaginação uma maçã
desaparece.

meu poema não se importa se desapareço
o poema pode ser escrito por você
a partir deste ponto este poema é
uma fenda aberta na paisagem
uma mão aberta este poema
abre passagem e é uma oferta
uma fronteira diluída entre eu
e você os olhos e a maçã o céu
e a queda invertida meu poema
não é regido pela lei da atração
não tem gravidade nem peso
este poema não tem direção
não aceita dualismos
em algum momento
inadvertidamente
todas as palavras
que o compõem
irão — é certo —
desaparecer.

*aqui apareço dando as mãos ao poema
da Laura
aqui penetro o poema
tinjo o poema de um nome sem pernas
quase invisível
Julia de Souza
Julia Silva & Souza
um nome que é um membro fantasma
jamais impresso em documento
um nome que, por se confundir
com tudo, nem chega a desaparecer
a fazer qualquer estrago*

já desapareci algumas vezes
agora me lembro
perdi o nome
perdi a carne
quando caiu a luz
num lugar antigo e triste
mas agora tento escrever um poema
que não seja um retrato
e não provoque nenhum tipo de
identificação — espelhar-se é desejar
durar —
mas para tingir o poema dessa ausência
seria talvez preciso dizer:
ela já desapareceu algumas vezes
ou
você, Laura, desapareceu
quando abriu as portas
do seu poema?

*o fotógrafo Eugène Atget,
que retratou a Paris
do fim do século XIX,
tinha obsessão por maçanetas
e corrimões ornamentais
há muito não tocados
ou tocados apenas por fantasmas
como suas imagens
vazias de humanos
tocadas apenas
pela luz necessária não à vida,
mas a elas mesmas.*

*no verso de suas fotografias escrevia
"vai desaparecer"*

*previa talvez as ruínas verdes
as estátuas os túmulos
cobertos pelo limo radiante
a natureza tomando de volta
invadindo
forrando
engolindo aos poucos
aquilo que nunca temeu perder*

*no dia 11 de agosto de 2019
no Pará, no Brasil, fazendeiros
puseram a mata em chamas
e fundaram
o Dia do Fogo*

*na fotografia o satélite mostrou os pontos
vermelhos, em brasa,
como maçãs em miniatura
um pomar escasso visto de cima
um buquê desfeito
uma batalha naval*

escuta-se agora no rádio
um antropólogo dizer
que para as civilizações primitivas
os cataclismos, os incêndios
os fins inúmeros do mundo
eram apenas fenômenos depurativos
um reset
ou uma espécie de passagem
para algo de que não faríamos
mais parte
como se desaparecer fosse apenas
deixar uma casa em chamas
para trás

*um lugar que esgotou a palavra
trégua, a palavra gozo,
um lugar que traz no nome
uma brasa sempre
enterrada
sabe desaparecer sob a lama
a fumaça
ou mergulhando
aos poucos
as penas falhas
numa piscina de água turva*

*há uma canção muito triste
e talvez antiga chamada*
how to disappear completely

*a letra é muito simples
uma espécie de testemunho
da ausência,
e diz coisas como
eu não estou aqui
isto não está acontecendo
o momento já passou*

*talvez seja mesmo possível
que algo — e sobretudo alguém
desapareça completamente
alguém que,
(como disse um amigo,
fazendo piada)
se encontrava ermo
enganchando os pés
na borda da cama
vazia
e lavou todos os pratos
antes de deixar a casa*

*no gozo, no fogo-fantasma
que é todo gozo
desaparecemos
expiramos — o ar, o eu —
desapareceremos por engano
assim como no sono
me permito sem querer
partir*

tomar de volta o poema
como quem recebe as chaves
de casa após uma temporada
de férias e dá com os pratos
lavados por uma pessoa que
se encontrava erma e partiu.
voltar para casa é entrar no
mesmo rio duas vezes. retomar
o poema seria admitir o fracasso
em desaparecer?

o ailton krenak respondeu
a um arquiteto que as ocas
não têm paredes
porque nas tribos ninguém
tem nada a esconder
e quem prescinde da ideia de propriedade
não rouba.
tocar fogo à casa e seguir
caminho.
para alguns povos é natural
compreender as durações
das casas. toda construção
dura e desaparece.
toda ruína é a lembrança
de um desaparecimento.

a consciência não tem
paredes. extrapola
os contornos do corpo
como numa dança
que acontece porque
o corpo ocupa
um espaço. um canto
que nasce da voz
e acontece no ar.
uma cor que é filha
da luz e que no escuro
desaparece.
com o tempo a cor
esmaece.
com o tempo a voz
esfarela.
com o tempo o corpo
desaparece.

uma maçã um melão uma melancia
um mapa um método um meteoro
para toda coisa um chão/ um pouso
onde se possa dizer: daqui começo.
uma casa é um princípio. uma casa
acaba. o fim de uma casa é um bom
começo. morder com dentes de faca
uma maçã sem ter-lhe descascado.
olhar o rosto de quem enfrenta a fruta
em estado bruto o esforço nos traços
que riscam a testa o nariz ao redor
da boca e a nuca que lembra um animal
recém-nascido. a maçã devorada, só
caule. a casa abandonada, só colunas.
um melão espera sua vez. uma melancia
explode. meteórica. o mapa localiza
as casas, mas elas estão desertas.
há mais metodologia na deserção que
na ocupação. desaparecer é um cálculo
secreto.

você, fruta estranha
sem registro
fruta inventada e selvagem
bruta, dura, crua
doce fruta da loucura
cheia de chuva
pele opaca e pintada
fruta de lua
morder você
ganhar o que guarda
por dentro seu suco
minha língua
lamber você sua língua
meu fruto sem casca
sem nada nua fruta
acesa e clara
molhada
suada
sua
você
e eu
tudo ou nada.

você que está lendo este poema
você o escreveu sua mão minha
mão uma maçã caindo eternamente
no espaço uma maçã agora pousa
entre outras palavras entre você e eu
ao lado de frutas gordas de água
watermelon você se molha de melancia
enquanto escreve esse poema
e se não lembra você estava sentindo
calor e cansaço e um amor mansinho
você estava com água na boca
e um desejo de ilha
uma maçã é uma ilha
eu mordo você você me morde
você uma melancia molhada
que escorre entre os lábios
nada te segura
te agarro
mordo
sugo
você desaparece.

considere principalmente
o que aqui não poderá
ser dito
(a estratégia do musgo
o discurso do mangue)
considere que há muita
coisa que não encontra jeito
de aparecer
não há braço para puxar
não há canto para atrair
— falar daquilo que
não se enuncia.
considere que o que
nunca aconteceu
talvez esteja acontecendo
agora mas
talvez já esteja
desaparecendo.

menos a avidez pela palavra
mas por aquilo que ela carrega
como numa bolsa:
words hold things. they bear meanings.
o que são os significados
senão as coisas na sua ausência
mas acesas numa flutuação
do desejo e não dentro
de cabeças que não são sacolas
as coisas enfim desaparecidas
têm sempre uma segunda chance
quando carregadas pela memória
(como se espremem
quase sempre
se deformam)
mas as coisas mesmas
presentes e tangíveis
lisas ou rugosas
diante de nós
tão banais
(o que é um outro modo de dizer
tão maravilhosas)
dispensam seus significados
elas não são uma versão
são o que são
imperativas e imperiosas
as coisas podem ficar
no mesmo lugar

por eras e eras
e mesmo assim
nada impede
que desapareçam.

os olhos percorrem
as letras que furam
o branco
imediatamente
palavras se formam
e pegam o pensamento
pela mão
propor-se o exercício
de olhar para um bloco
de texto como este
e não ler nada
apenas *ver*
uma imagem
olhar para o desenho
destas letras
a mancha
os recortes
dentro do branco.
tente olhar
para este poema
sem ler uma palavra.
a intenção escondida
por detrás desta
imagem é fazer
o sentido
desaparecer.

uma pintura é a expressão
de um desejo sem origem
clara sem nome sem direção
todo desejo é
um pouco atrapalhado
uma espécie de errância
uma tremulação
faz curvas
erra hesita desvia
se arrepende
mas quando se consuma
algo se cria
algo acontece
um furo na pele do costume
encontrar formas
dentro das formas
afinação de uma intimidade
quando o desejo se expressa
alguma outra coisa
— debaixo dele? —
desaparece.

onde começa
onde termina
por que uma forma
não se derrama no espaço
por que as coisas têm contorno
por que uma pera assume
um formato e não outro
por que não uma maçã
por que se repete
e nunca é a mesma
(o mesmo em diferença)
toda coisa nega
outra coisa
e confirma
a autonomia
de cada coisa
mas não evita
que em algum momento
desapareça.

um ovo é a ideia
radical
de um começo:
frágil liso ameaçado.
começar é quebrar
o ovo não conter
seu segredo
expor o que há
por dentro
deixar que o interior
escorra
e gema gema gema
até perceber
que depois de quebrado
o ovo jamais retoma
a forma original.

céu de leite, lento —
as coisas passam devagar
um ovo é devagar
um olho é devagar
dar algum sentido
ou migalha aos pombos
hoje é o dia do esquecimento
nem a lei das estrelas
nem a fórmula da flor
você que caminha quieto
na outra ponta da vida
as pedras que o vento
alisa e arredonda
as algas que dançam
apaixonadas e distraídas
aves de voo
aves de descanso
e eu, que tento coincidir
pele e pensamento
na outra ponta da vida
só o que consigo
é raspar com as unhas
as sobras do coração.

um ovo fulgura
uma maçã uma
melancia uma
manhã brilham
contra a palidez
do hábito.

e então a pedra súbita
feita de susto e falta
de ar a pedra é um ovo
que nunca começou.

não sabemos quando começou —
o que é necessário para começar
ou para dizer que começou.
um ponto específico
uma hora, um instante, o estalo
— plec!
uma época? uma região, talvez
uma mancha de muitas cores
se mordendo
no fundo de um copo
na pele da folha seca
numa nuvem para sempre
desaparecida
começou sem início sem
origem não se fixou
como um barco ancorado
que não se furta a balançar
ou, pelo contrário, um vento
constante perpassa as coisas
sem movê-las
um ruído que sempre esteve ali
e por isso mesmo se confundia
com aquilo que chamamos
de silêncio
se confundia com a montanha
que sempre esteve lá
pedra súbita
não nasce

não morre
mas talvez
algum dia
desapareça.

abrimos um espaço com os dedos
do mesmo modo como abriríamos
uma tangerina
despir a fruta
de seu contorno
sonhamos com muita água
então eu olho a palma da sua mão
uma região, um lugar onde se chega
pela primeira vez
as linhas desaparecem
um mapa transformado
na própria paisagem
to become a landscape in a landscape
uma região despida
de seu contorno
o lugar onde chego
o lugar onde
desapareço.

uma espécie continua
na outra
(algumas desaparecem
outras se estabelecem)
quando foi que tudo
começou
se toda criatura é única
a pinta o osso mais curto
o pelo a pata a pele
a arcada dentária
vértebras escápulas glândulas
definir uma espécie:
reunir pela semelhança
perceber o indivíduo:
afirmar pela diferença
cada coisa um novo começo
um nascimento acrescenta
à vida um elo com tudo
que nasceu antes e que nascerá
não tem fim nem princípio
um indivíduo se divide
continua nos outros, mas
só é certo isto:
desaparecemos.

fizemos espécies desaparecerem
fizemos pessoas desaparecerem
fizemos coisas desaparecerem
fizemos histórias desaparecerem
provocar o desaparecimento
tocando terror e fogo
enterrando vivos
é fazer aparecer o horror
o desaparecimento não se desfaz
o desaparecimento não se desfaz
não se desfaz
o desaparecimento.

em francês, *document*
por aqui, tucumã.

vê melhor: o erro não
está errado
sou feita daquilo
que não sou eu
estou fora de mim
para que eu
possa ver
desapareço.

olhar a pedra quente de sol
não nos queimará os olhos
olhar a pedra ardente
envolvê-la vesti-la
com a carne do olhar
ser pelo tempo preciso
a pedra sem removê-la
ver a pedra
é uma virtude da pedra.

pedras irregulares e rugosas
rigorosamente preenchidas
agarradas à terra pela âncora
da matéria sólida
e pela ausência de ar.
são rostos expressivos demais
uma calcificação do espanto.
a pedagogia da pedra:
frequentar o impenetrável
resistir à sua resistência
(mas aderindo a ela)
aprender da pedra requer
uma postura e uma coragem:
deixar que a pedra se pense em si
sem palavra nem sentido
sem vida nem movimento aparente.
a pedra — presença irrefutável —
ensina a desaparecer.

pelo toque se chega à pedra:
a temperatura que conduz
a textura oferecida
no encontro com a pele
as curvas ou pontas
alegrias ou perturbações do contorno
e, por que não? o seu humor
o peso e a espessura
carnadura concreta
matéria compacta
brilhos estelares
(fração de planeta)
as cores cintilantes
abertas na superfície
microscópicos habitantes
da pele rígida.
coisa única, infinita.
a miríade de sensações
na face exposta
não aplaca o desejo
de penetrar o seu interior
impossível geometria
da natureza.
para frequentar a pedra
primeiro é preciso
desaparecer.

o mundo é um
fato mineral.

(não por acaso
analise bem
a vida na terra
partiu de
minas gerais)

como é possível ver o céu
se o céu não tem superfície
—
como seria ver o vazio?

a descoberta das mãos pelos bebês
um momento de fascínio e perplexidade
as mãos parecem estar fora do corpo
parecem ter vida própria.
sentir as próprias mãos
perceber que também
somos estranhos e externos
a nós mesmos. olhar
as próprias mãos
e se surpreender
com a sua
impossibilidade
de desaparecer.

nunca se trata do mundo
em si mesmo
mas apenas da maneira
como nós nos relacionamos
com ele — esta foi a lição
que um escritor nórdico
tirou de *sua* relação
com as maçãs
versus
o modo como as crianças
lidam com as maçãs.
enquanto ele come da fruta
primeiro a polpa, depois o talo
(geralmente dispensado)
as crianças comem apenas
a parte que lhes dá gosto
e muitas vezes deixam
boas porções da carne da maçã
agarradas ao centro.
comer a fruta completa
é um *trabalho*
comer a parte que interessa
é liberdade.
estes são pensamentos do karl ove
mas agora também são nossos.
a maçã que ele come até o talo
é gostosa e é difícil e é uma prática
a maçã que ele come
— toda ela, inteirinha —
desaparece.

nos cantos da casa
onde o sol penetra
ficam as orquídeas
sem flores, só caule
e as folhas rijas mas
sempre um pouco
deitadas, em posição
de descanso (para as
orquídeas sem flores
o domingo não acaba
numa segunda)
o trabalho das plantas
ninguém vê ninguém
ouve o esforço para
extrair os nutrientes
da terra a ginástica
de lançar-se ao sol
a geração discreta
mas dispendiosa
de flores
extravagantes
toda flor carrega
os mil trabalhos
da metamorfose
afinal a planta não nasce
com uma pequena flor
que se desenvolverá ao longo
da vida como um potrinho
já nasce com quatro pequenas patas

que crescem para a cavalgada.
a flor é um pouco de repente
um trabalho invisível da planta
para entregar a apoteose
a flor é fruto
da faina silenciosa
e quando irrompe do botão
a flor é uma explosão
que congelou ou
fogos de artifício
em câmera lentíssima
até que também de súbito
a flor envelhece
e vai pendendo para baixo
cansada da vida de vedete
a flor da orquídea por um fio
se despede
e quase sempre despenca
quando ninguém está olhando.
a flor como vem, vai.
ela precisa desaparecer.

sobre a mesa, um fruto
desconhecido
a casca amarela com discretos
laivos verdes
o sabor é um palpite para o azedo
tem caroço não tem caroço
onde nasce qual seu nome
o fruto estranho limita-se
a adivinhações
os dentes perfuram a polpa
o suco molha a boca
e seu gosto doce
espanta a língua
a mesma língua
que não sabe nomear
a fruta
a mesma língua
que ajuda a fruta a
desaparecer.

sonhos são frutas cortadas
escreveu a poeta japonesa
chika sagawa
que viveu apenas 24 anos
e morreu em 1936.
com esse verso podemos aferir
1. os sonhos se partem ao meio
2. são úmidos 3. estão depois
da casca rompida como um segredo
4. sonhos podem ser
saborosos azedos ou podres
5. eles têm caroço
shakespeare disse que eles
são feitos da mesma matéria
de que nós somos feitos
e num delírio da lógica
poderíamos arriscar que
somos frutas cortadas.
eu quebro um ovo e a lua sai
este verso fecha a estrofe
do poema que se chama
"flor"
um ovo é uma espécie
de fruta
casca e polpa
superfície e sonho
acontecimento
e desaparecimento.

você pensa numa nuvem
de borboletas angustiadas
que infiltram a parede
de um quarto no quarto
andar de um edifício bege.
então a parede racha
e abre passagem
para a revoada de insetos
cintilantes e apressados
asas azuis asas azuis
a soma dos mínimos
ruídos — atritos breves —
comete um som seco
o som do deslocamento
do ar o som da falta
ar de quem se apressa
para vencer as paredes
para enfrentar a crueza
das invenções de limite:
você pensa numa nuvem

as nuvens passeiam.
são rios sem compromisso
com o mar, água sem
a obrigação de molhar.
nuvens altivas que nos ignoram
enquanto pintores
enquanto poetas
enquanto pássaros
não passam um dia
sequer
sem olhar para o céu
para constatar
sua presença ou sua ausência
para lamentar ou celebrar
 a aglutinação
a dissipação
de sua matéria flutuante.
as nuvens inevitavelmente
desaparecem.

é que busco ainda outra regência
— a dos rios, a dos cantos —
que não separa seres nem horas
não calça sapatos não escolhe
em cardápios nem jamais agride
o lento movimento das flores
sem esquecer que a direção
do nascimento à morte do dia
à noite e ao dia outra vez
não nos trairá como traímos
nossos pés a caminho dos tristes
escritórios. o canto inexaurível
que não começa que não acaba
que sussurra nesta vida-madrugada
e busca a um outro a um outro
e mais alguém como um cordão
de cães insones como uma sinfonia
eletrizante de abelhas operárias
a serviço do favo e do mel
do pólen e da flor
a planta dos pés
ferida, inteira
no chão.

descobri em um dia qualquer
que a semente das maçãs
contém uma substância
que libera cianureto
(o mesmo veneno
que se esconde
no interior da mandioca-brava)
e bastaria meia tigela
dessas sementes
que às vezes comemos distraídos
para sentir na boca
primeiro uma ardência
depois o maxilar se enrijecer
então chegariam as náuseas
o vômito a confusão a morte:
basta meia tigela
de sementes de maçã
para desaparecer.

era um urso que se escondia
na floresta do poema um urso
que espreitava a sua sonhadora
um urso que roncava pela barriga
farto de salmão e ávido por tainha
a ordem era cortar a barriga de um peixe
longitudinalmente
como um colombiano faria
minutos antes de morrer ou sonhar
cortar a barriga de um urso
e encontrar um peixe ainda vivo
entrar na boca de um urso
e sair ainda viva
esconder-se de um urso
que se escondeu na mata alta
de um poema brasileiro
e acordar na tundra siberiana
trincando os dentes
completamente sozinha
depois que o urso
desapareceu.

olha aqui, presta muita atenção
você não pode se acostumar
com a vida ela é estranha
sempre uma deformação
dela mesma um desvio
uma unha que deixou
de nascer um leão
que perdeu a voz
uma repetição
que decidiu
ser outra
coisa.
olha lá, presta atenção
é um rinoceronte
de patins
olha lá
cadê
desapareceu.

Copyright © 2024 Laura Liuzzi

Todos os direitos reservados. Nenhuma parte desta obra pode ser reproduzida, arquivada ou transmitida de nenhuma forma ou por nenhum meio sem a permissão expressa e por escrito da Editora Fósforo.

DIREÇÃO EDITORIAL Fernanda Diamant e Rita Mattar
COORDENAÇÃO DA COLEÇÃO E EDIÇÃO Tarso de Melo
COORDENAÇÃO EDITORIAL Juliana de A. Rodrigues
ASSISTENTE EDITORIAL Cristiane Alves Avelar
DIRETORA DE ARTE Julia Monteiro
REVISÃO Eduardo Russo
PROJETO GRÁFICO Alles Blau
EDITORAÇÃO ELETRÔNICA Página Viva

A marca FSC® é a garantia de que a madeira utilizada na fabricação do papel deste livro provém de florestas gerenciadas de maneira ambientalmente correta, socialmente justa e economicamente viável e de outras fontes de origem controlada.

Dados Internacionais de Catalogação na Publicação (CIP)
(Câmara Brasileira do Livro, SP, Brasil)

Liuzzi, Laura
  Poema do desaparecimento / Laura Liuzzi. — 1. ed. —
São Paulo : Círculo de poemas, 2024.

  ISBN: 978-65-84574-63-2

  1. Poesia brasileira I. Título.

23-187269   CDD — B869.1

Índice para catálogo sistemático:
1. Poesia : Literatura brasileira   B869.1
Aline Graziele Benitez — Bibliotecária — CRB-1/3129

circulodepoemas.com.br
fosforoeditora.com.br

Editora Fósforo
Rua 24 de Maio, 270/276, 10º andar
01041-001 — São Paulo/SP — Brasil

Que tal apoiar o Círculo e receber poesia em casa?

O que é o Círculo de Poemas? É uma coleção que nasceu da parceria entre as editoras Fósforo e Luna Parque e de um desejo compartilhado de contribuir para a circulação de publicações de poesia, com um catálogo diverso e variado, que inclui clássicos modernos inéditos no Brasil, resgates e obras reunidas de grandes poetas, novas vozes da poesia nacional e estrangeira e poemas escritos especialmente para a coleção — as charmosas plaquetes. A partir de 2024, as plaquetes passam também a receber textos em outros formatos, como ensaios e entrevistas, a fim de ampliar a coleção com informações e reflexões importantes sobre a poesia.

Como funciona? Para viabilizar a empreitada, o Círculo optou pelo modelo de clube de assinaturas, que funciona como uma pré-venda continuada: ao se tornarem assinantes, os leitores recebem em casa (com antecedência de um mês em relação às livrarias) um livro e uma plaquete e ajudam a manter viva uma coleção pensada com muito carinho.

Para quem gosta de poesia, ou quer começar a ler mais, é um ótimo caminho. E para quem conhece alguém que goste, uma assinatura é um belo presente.

CÍRCULO DE POEMAS

LIVROS

1. **Dia garimpo.** Julieta Barbara.
2. **Poemas reunidos.** Miriam Alves.
3. **Dança para cavalos.** Ana Estaregui.
4. **História(s) do cinema.** Jean-Luc Godard (trad. Zéfere).
5. **A água é uma máquina do tempo.** Aline Motta.
6. **Ondula, savana branca.** Ruy Duarte de Carvalho.
7. **rio pequeno. floresta.**
8. **Poema de amor pós-colonial.** Natalie Diaz (trad. Rubens Akira Kuana).
9. **Labor de sondar [1977-2022].** Lu Menezes.
10. **O fato e a coisa.** Torquato Neto.
11. **Garotas em tempos suspensos.** Tamara Kamenszain (trad. Paloma Vidal).
12. **A previsão do tempo para navios.** Rob Packer.
13. **PRETOVÍRGULA.** Lucas Litrento.
14. **A morte também aprecia o jazz.** Edimilson de Almeida Pereira.
15. **Holograma.** Mariana Godoy.
16. **A tradição.** Jericho Brown (trad. Stephanie Borges).
17. **Sequências.** Júlio Castañon Guimarães.
18. **Uma volta pela lagoa.** Juliana Krapp.
19. **Tradução da estrada.** Laura Wittner (trad. Estela Rosa e Luciana di Leone).
20. **Paterson.** William Carlos Williams (trad. Ricardo Rizzo).
21. **Poesia reunida.** Donizete Galvão.
22. **Ellis Island.** Georges Perec (trad. Vinícius Carneiro e Mathilde Moaty).
23. **A costureira descuidada.** Tjawngwa Dema (trad. floresta).
24. **Abrir a boca da cobra.** Sofia Mariutti.
25. **Poesia 1969-2021.** Duda Machado.
26. **Cantos à beira-mar e outros poemas.** Maria Firmina dos Reis.

PLAQUETES

1. **Macala.** Luciany Aparecida.
2. **As três Marias no túmulo de Jan Van Eyck.** Marcelo Ariel.
3. **Brincadeira de correr.** Marcella Faria.
4. **Robert Cornelius, fabricante de lâmpadas, vê alguém.** Carlos Augusto Lima.
5. **Diquixi.** Edimilson de Almeida Pereira.
6. **Goya, a linha de sutura.** Vilma Arêas.
7. **Rastros.** Prisca Agustoni.
8. **A viva.** Marcos Siscar.
9. **O pai do artista.** Daniel Arelli.
10. **A vida dos espectros.** Franklin Alves Dassie.
11. **Grumixamas e jaboticabas.** Viviane Nogueira.
12. **Rir até os ossos.** Eduardo Jorge.
13. **São Sebastião das Três Orelhas.** Fabrício Corsaletti.
14. **Takimadalar, as ilhas invisíveis.** Socorro Acioli.
15. **Braxília não-lugar.** Nicolas Behr.
16. **Brasil, uma trégua.** Regina Azevedo.
17. **O mapa de casa.** Jorge Augusto.
18. **Era uma vez no Atlântico Norte.** Cesare Rodrigues.
19. **De uma a outra ilha.** Ana Martins Marques.
20. **O mapa do céu na terra.** Carla Miguelote.
21. **A ilha das afeições.** Patrícia Lino.
22. **Sal de fruta.** Bruna Beber.
23. **Arô Boboi!** Miriam Alves.
24. **Vida e obra.** Vinicius Calderoni.
25. **Mistura adúltera de tudo.** Renan Nuernberger.
26. **Cardumes de borboletas: quatro poetas brasileiras.** Ana Rüsche e Lubi Prates (orgs.).

**CÍRCULO
DE POEMAS**

Este livro foi composto em GT Alpina e
GT Flexa e impresso pela gráfica Ipsis
em fevereiro de 2024. A consciência
colocando no mesmo pé a presença
e a ausência.